Le Temps qu'il fera demain

Une nouvelle de
Nicolas DIDIER BARRIAC

DU MÊME AUTEUR

Malakas... (2013, roman)

Le Temps qu'il fera demain

En se rendant sur place, Hubert Lefebvre confirma les impressions favorables ressenties sur les photos. Il signa dans la foulée tous les papiers administratifs. Puis, il sortit, en descendant l'imposant perron à double montoir, fit quelques pas pour prendre du recul et contempla cette grande maison de trois étages, large comme un château. Bâtie à la fin du dix-neuvième siècle, elle possédait dans sa pierre tout le caractère noble et stable de cette époque révolue. Elle avait été baptisée La Villa Printemps à sa construction et cette appellation perdurait encore aujourd'hui. La façade, solidement ancrée sur ses fondations, beige pâle et quelque peu délavée, montrait des signes d'usure tels des cicatrices du temps traversé. Les tuiles de la toiture, cabossées et disparates, couvraient de leur mieux cette bâtisse aux fenêtres gardées par des rideaux blancs, impeccablement tirés pour se préserver de la lumière dont un énorme bassin circulaire faisait scintiller l'éclat.

La végétation alentour avait abandonné toutes ses feuilles, comme chaque année à cette époque, ce qui renforçait une sensation profonde de solitude. L'agitation extérieure ne venait que rarement troubler La Villa Printemps, la résidence étant séparée de la route la plus proche par cinq cents mètres de verdure étalée. On accédait à l'entrée principale de la propriété au bout d'une véritable expédition. Un large portail en fer s'ouvrait sur une longue allée bordée de platanes qui abritait les promeneurs avec une inattendue fraîcheur lors des chaudes journées d'été. Il fallait suivre un chemin constitué de trois longues lignes droites successivement placées à angle droit pour commencer à percevoir le tumulte de la vie au-dehors de ce havre de paix.

Hubert recherchait le calme à proximité de Paris. Il l'avait donc trouvé à Voisins-le-Bretonneux. Tout en continuant à regarder la maison et son environnement immédiat, il se persuada d'avoir fait le bon choix. Dès la semaine prochaine, il n'aurait plus qu'à faire venir sa mère ici et à l'installer dans une des vingt-sept chambres de La Villa Printemps. Cela faisait trop longtemps que la veuve Madeleine, comme les gens l'appelaient dans son immeuble, luttait avec sa maladie et sa condition mentale et physique empirait à chacune des visites qu'il lui rendait. Il s'était résolu à la placer dans un hospice en début d'année mais avait toujours été rebuté par ces endroits promus dans des prospectus trompeurs. Après s'être déplacé dans des dizaines de *homes* de la région francilienne, c'était seulement ce jour-là, le 27 novembre 1995, qu'il avait trouvé une alternative convenable à l'hospitalisation à domicile initiée début 1993.

* * *

Au mois de mai, la veuve Madeleine s'était pleinement acclimatée à la maison de retraite. Hubert qui venait à son chevet au moins deux fois par semaine se demandait même si elle avait remarqué son déménagement. Dans son état, cela paraissait peu probable. Elle réagissait sur l'instant et ne parvenait pas à enregistrer les informations, essentielles ou anecdotiques. Il était impossible d'avoir un dialogue cohérent avec elle mais, à la manière d'un enfant spontané et candide, il réessayait toujours.

— Tu te plais ici ? demanda-t-il en forçant la voix pour percer la surdité de sa mère. Tu aimes te balader dans le parc ?

— Oh non, il n'y a pas de parc ici, voyons, tu le sais bien ! Mon vieil appartement… répondit-elle en mâchant les syllabes comme elle aurait gobé une compote de pommes. Et ce n'est plus de mon âge de vadrouiller jusqu'au Parc Monceau. Avec tout ce qui peut arriver dans les rues aux pauvres dames comme moi ! Il n'y a plus grand-chose dans mon sac, mais quand même, j'y tiens.

Elle faisait tomber toutes les amorces de conversation dans l'absurde. Hubert ne savait plus quoi répondre alors il lui tenait la main et l'embrassait sur la joue. Il attendait en guettant une réaction sur la figure de la veuve Madeleine. Celle-ci demeurait désespérément statique. Rien ne semblait plus l'affecter. Elle restait immobile, bordée dans son lit, pareille à ces corps mis en bière dans leurs cercueils. Elle divaguait sans arrêt mais ses délires, selon le moment où ils étaient prononcés, émouvaient plus ou moins fortement Hubert.

— Viens, on va faire un tour, proposa-t-il. C'est une journée magnifique et il faut te dégourdir les jambes.

— Allons-y, général ! Je vous suis.

Régulièrement, elle l'affublait de surnoms inattendus, avec une pointe ravivée de son ancien accent provençal. Elle les distribuait à tout le monde sans que l'on sache dans le fond si elle le faisait exprès, si elle se rendait compte quelle étiquette elle collait aux gens. Hubert ne le relevait même plus. Lorsque cela lui était arrivé, quelquefois par le passé, elle s'était énervée et, devenue incontrôlable, ne démordait plus de ses idées saugrenues.

Il devait à présent l'aider à sortir de son lit et à se changer. Une infirmière passa dans le couloir et, en voyant la scène, elle insista auprès d'Hubert pour qu'il la laissât faire. Après dix minutes de périlleuses acrobaties exécutées au ralenti, sa mère était enfin prête. Son tailleur rose, ses vieilles grolles défoncées et son chapeau cloche en feutre gris lui donnaient l'air d'un croisement épouvantable entre Élisabeth II et un mannequin d'un catalogue de mode pour dames mûres.

Elle allait, pas à pas, au bras de son fils dans le parc bourgeonnant de La Villa Printemps. Ses mouvements étaient peu sûrs mais, en se remettant presque entièrement à Hubert pour se mouvoir, elle avançait à une vitesse inédite et en éprouvait même un léger tournis.

— Où est-ce que tu m'amènes, moussaillon ? Je ne reconnais pas cet endroit !

— On fait juste un tour dehors, maman. Regarde, tout le monde est de sortie. Ils profitent de ce bel après-midi.

Et il désignait les résidents de l'hospice qui flânaient tous ainsi avec des membres de leurs familles ou avec des aides appartenant à la maison. Toute cette petite compagnie suivait sa propre direction, grouillant lentement, inconscient de la présence des autres. À peine y avait-il quelques rassemblements de vieux près du perron, mis sur la touche car personne, ni leurs proches ni le personnel, n'était disponible pour s'occuper d'eux.

— Marche moins vite. Tu me donnes mal à la tête.

Hubert s'emportait. Il traîna le pied pour permettre à sa mère de le suivre. Tout dans ce lieu paraissait aller à allure modérée. La vie ressemblait à une suite ordonnée de plages horaires dédiées à différentes activités. À tel moment il était permis de jouer aux cartes, à tel autre de participer à une animation musicale, à tel autre encore de lire et d'écrire son courrier. Et puis, tour à tour, tout le monde était appelé pour prendre ses médicaments dans un ballet continuel de vieillards attendant leurs doses de pilules. Ils s'en allaient, leurs piluliers ravitaillés, et retrouvaient leurs semblables pour discuter de leurs prescriptions, de leurs maux, de cet endroit, antichambre désinfectée de la mort devant les faire transiter vers l'au-delà. Tout y était cadencé, agencé, harmonisé. À vingt-deux heures, les lumières s'éteignaient pour décourager tout mouvement nocturne. Les pensionnaires pouvaient certes s'activer dans l'intimité de leur chambre mais, bien souvent, ceux qui les partageaient les en empêchaient, invoquant un besoin de silence. Seuls quelques heureux avaient une chambre individuelle et jouissaient d'une infime dose de liberté que les autres

13

enviaient derrière leurs lunettes épaisses, sous leurs mines efflanquées.

Un matin, alors que la veuve Madeleine lisait un des magazines qu'Hubert lui avait remontés de l'accueil, trois personnes rentrèrent brusquement dans sa chambre. Il y avait là une représentante de l'établissement, en blouse blanche, et deux hommes, en bleu de travail. Ne manquait que la tenue rouge de Michael Schumacher pour réaliser un drapeau tricolore vivant.

— Bonjour Madame Lefebvre, salua la dame. Nous passons dans toutes les chambres pour installer des télévisions individuelles et ainsi contribuer à l'amélioration continue de nos services. Si vous le voulez bien, nous allons la fixer en hauteur pour que vous puissiez la voir depuis votre lit.

— La télévision ? interrogea la veuve Madeleine de son timbre éraillé, chargé d'aigreur comme si on la dérangeait en permanence. Qu'est-ce qui vous fait croire que j'ai besoin d'une télévision, ma petite poulette ? Je n'ai jamais eu un de ces trucs-là, moi. C'est tout électrique, ça piaille, ça piaille et ça pique les yeux. Déjà que je n'y vois pas si bien...

— Vous verrez, c'est très agréable. Il y a plein de programmes pour vous distraire, Madame Lefebvre. Je vous montrerai.

— Humpf. Et elle, elle en pense quoi ? Hein, vieille biquette ? Vous ne dites rien ? Pourtant cela vous concerne aussi.

Toute remuante, elle se tourna péniblement sur sa droite pour guetter une réaction de celle qui partageait sa chambre.

— Elle ne dit jamais rien de toute façon, celle-là. Alors, allez-y, bande de mous du genou. Mais je ne m'en servirai pas de votre boîte à diableries ! Ah ça non ! Ça prendra la poussière et puis c'est tout.

— Allons, Madame Lefebvre, soyez raisonnable. Je vous pose la télécommande là, sur votre table de chevet. Vous allumez en appuyant ici et vous changez les chaînes comme ceci. Pour le volume, c'est là. Simple, non ? Voilà, je la pose ici.

— C'est ça, pose donc, Fantômette ! Et à la revoyure.

Les deux hommes s'affairaient sur leurs escabeaux, l'un retenant le téléviseur, l'autre donnant çà et là des coups de tournevis et vérifiant que le poids était suffisamment soutenu. Dès cet instant, un cube noir attaché à un bras articulé, en métal, domina la pièce, son étrange veilleuse intriguant la veuve Madeleine. Dès lors, à chaque fois qu'un soignant venait la voir, il lui demandait pourquoi elle n'allumait pas la télévision. Hubert aussi s'enquérait des raisons de ce refus obstiné. Sa réponse ne variait que dans le tutoiement ou le vouvoiement :

— Que veux-tu (voulez-vous) que je fasse de ce truc ? J'ai ce livre à finir, moi, vois-tu (voyez-vous), capitaine (moustiquette). Alors, je ne perds pas mon temps avec ces âneries.

Et elle montrait un livre, le même qu'elle traînait depuis son installation ici, le même qu'elle recommençait inlassablement sans se souvenir de ses précédentes lectures. Un jour, elle avait réussi à le parcourir entièrement en une seule session et en avait d'ailleurs tiré une fierté non feinte. Mais le lendemain, elle reprit depuis le début, aucune trace de l'intrigue ou de son dénouement n'ayant subsisté, après une nuit de sommeil, dans sa mémoire.

À la faveur d'un changement de personnel, une nouvelle, une belle rousse, vint un soir dans la chambre de la veuve Madeleine. Sans lui laisser le choix, elle mit en route le téléviseur et lui lança :

« Il est bientôt vingt heures : c'est l'heure d'écouter les actualités, Madame Lefebvre. Ce n'est pas parce que vous êtes ici qu'il ne faut plus s'intéresser au monde qui vous entoure, n'est-ce pas ? »

La vieille dame n'eut guère le temps de rouspéter sur cette prise de décision rapide qu'elle jugea abusive. L'écran noir se fondit en une image claire : un homme parlait devant une vue satellite du continent européen. Il portait une chemise moutarde assortie à sa pochette pliée en double pointe, une cravate marron à pois noirs et un blazer bleu marine aux boutons dorés. Malgré des cheveux dégarnis, il rassemblait ce qui lui restait dans une petite queue de cheval, à la fois distinguée et provocante. Son air jovial tout autant que déluré, mélange hybride de Daniel Prévost et de Bill Murray, s'affirmait dans sa diction et son intonation enjouées :

— Cela fait maintenant près de quarante-huit heures que, dans certains endroits, il pleut sans discontinuer. Des quantités énormes de pluie ! Jusqu'à quatre cents litres d'eau par mètre carré : c'est considérable. Il va bien falloir que cette eau aille quelque part ! Attendons-nous à des débordements les jours prochains. La situation n'est pas simple et reste toujours très conflictuelle avec une opposition de deux masses d'air et une sorte de couloir de nuages qui s'organise. Explications...

Tout au long de sa courte intervention, la veuve Madeleine, médusée, ne le quitta pas des yeux.

« M'enfin, maugréa-t-elle, mais qui c'est ce rigolo-là ? »

Puis, en tournant vers sa voisine :

« Vous savez qui c'est, vous ? Le monsieur à la queue de cheval, là, c'est qui ? Dites, vous m'entendez ?! Alalala, elle ne veut jamais parler celle-là ! Je t'en foutrais, moi, des comme elle ! »

N'ayant pu obtenir de réponse, elle éteignit le poste d'un coup de télécommande et appuya en même temps sur le bouton près du lit pour appeler une infirmière. Cela faisait partie des rares choses qu'elle avait réussi à mémoriser. À quatre vingt-trois ans, elle qui n'avait jamais apprécié aucune forme de technologie, semblait s'en accommoder avec une certaine aisance. Quelques secondes plus tard, la même fille rousse revenait, en courant :

— Qu'y a-t-il, Madame Lefebvre ? Vous nous avez sonnés ?

— Un peu que j'ai sonné, taches de rousseur ! Voilà qu'un beau jeune homme est venu m'expliquer les phénomènes météorologiques partout en France. Il s'y connaissait drôlement bien, dites ! Il parlait des masses d'air chaud et du niveau anormal des précipitations et tout et tout. Sans jamais hésiter, il savait tout sur tout. Un vrai crack, ce gars… épatant ! Comment qu'il s'appelait ce drôle de petit bonhomme avec sa pochette en pics ?

— Ah mais lui c'est Alain Gillot Pétré ! s'exclama la jeune fille en riant. Il présente la météo sur TF1. Vous ne l'aviez jamais vu, Madame Lefebvre ? Ça passe tous les jours cinq minutes avant le journal du soir.

— Alain. Gillot. Pétré… Ooooh ! Si c'est pas beau, comme nom, ça. Ooooh ! Alain Gillot Pétré !

Ces mots, ce trio de noms propres, l'émerveillaient. Elle ne pouvait pas croire qu'un homme comme lui, aussi instruit et charmeur, lui parlât à elle, à travers cette boîte en plastique suspendue.

Le lendemain, n'attendant que cela toute la journée, cinq minutes avant vingt heures, elle alluma la télévision. Le présentateur était là, ce qui exalta soudainement la veuve Madeleine. Son bulletin commençait juste, porté par son enthousiasme coutumier :

« … Mais regardez plutôt les images du satellite. Voici une perturbation bien famélique qui devrait en principe, et bien… bouger ! Ah oui voilà, les camarades de la régie m'ont entendu et les images bougent tout de même ! Elle va donc d'ouest en est avec une autre qui menace. Seulement voilà, l'anticyclone des Açores qui est ici (car voici les Açores) va regonfler de sorte que cette perturbation ne va qu'effleurer le Nord-Ouest. »

Il gesticulait partout, pointant le bout de l'index avec une précision millimétrique, prononçait certaines fins de phrase avec un trop-plein d'emphase, riait à ses propres traits d'humour et accélérait tout à coup le rythme pour rattraper le temps perdu avec ses digressions improvisées. Puis, sans prévenir, il concluait :

— Demain, nous serons le quatre juin, nous fêterons les Clotilde, nous gagnerons trois minutes de soleil et nous ne perdrons pas espoir. Et voici les répondeurs départementaux de Météo France. Je vous souhaite un très bon vent. Merci.

— Trois minutes de soleil en plus... Pas possible ! Oh !

Cela concluait une avalanche d'informations qu'elle peinait à croire tant elles lui semblaient ésotériques. Mais il les affirmait sans frémir. Elles ne pouvaient donc être erronées. Dans son costume noir et sa chemise blanche où était nouée une cravate club bordeaux et blanche, il personnifiait un chic mondain et fashionable qui séduisait la veuve Madeleine et augmentait encore le crédit de ses paroles. Elle pensa qu'elle n'était pas vêtue adéquatement face à cet homme prenant si gentiment la peine de lui prédire le temps du lendemain. La télévision remise en veille, elle s'adressa à l'autre pensionnaire :

— Vous l'avez vu ce soir ? C'était Alain Gillot Pétré. Il est revenu faire sa présentation. C'est bien aimable à lui de s'encombrer comme ça de cette responsabilité. Il était encore plus beau qu'hier. Nous devrions avoir beau temps encore jusqu'au week-end. J'espère qu'on ne vous a pas trop dérangée, dites ?

— ...

Ses questions restaient sans réponse. Quelques instants après, elle aurait oublié qu'elle les avait posées. Elle recommençait parfois jusqu'à ce qu'on lui apportât à manger ou que le sommeil l'embarquât.

Au réveil, elle décida de se faire belle le soir pour écouter Alain. Dans sa tête, il ne s'appelait qu'Alain. Au diable les patronymes ! Elle enfila un ensemble bleu azur, *son* ensemble, celui qu'elle avait toujours réservé pour les grandes occasions. Puisqu'elle était levée, elle en profita pour aller dehors ce qui surprit le personnel de la résidence.

— Et bien, alors, Madame Lefebvre, vous sortez attendre votre fils ? s'intéressa la jeune femme rousse. Il ne doit venir qu'après le déjeuner, pourtant, et il n'est que dix heures et demie.

— Mon fils ? Ça fait des années qu'il ne vient plus me voir. Je cherche une parfumerie pour m'acheter du maquillage. Où est-ce que je peux trouver ça dans le quartier, poil de carotte ?

— Du maquillage ? s'esclaffa l'infirmière. Vous nous ne feriez pas des cachoteries, Madame Lefebvre ? Quelqu'un vous a tapé dans l'œil et vous voulez vous faire belle ? C'est le fils de Madame Butel qui était là hier ? Oh moi aussi, je l'ai trouvé craquant. Vous pouvez me le dire, ma bouche a une fermeture éclair. Regardez.

Elle mima le geste sur ses lèvres mais la vieille, au lieu de se confier, se braqua et fit une scène pour obtenir ce qu'elle voulait, râlant, pestant et protestant du mieux qu'elle pouvait. Il fallut l'intervention de deux aides-soignants pour la calmer et la ramener paisiblement à l'intérieur de La Villa Printemps. Elle grogna jusqu'à l'arrivée de son fils, lequel ne tira rien de plus d'elle que des fragments de discours inintelligibles. Personne ne se figura la raison de son déguisement et personne n'insista pour la comprendre. Cette bizarrerie rentrait simplement dans la suite logique d'un comportement dément auquel Hubert était familier et le personnel de la résidence formé.

Une fois que l'attention n'était plus portée sur elle, que son fils était rentré chez lui, la veuve Madeleine regagna discrètement sa chambre. Elle patienta deux heures avant d'écouter de nouveau la météo. Elle imaginait la tenue d'Alain, s'il serait d'humeur plutôt taquine, plutôt caustique et le nombre de minutes de soleil supplémentaires dont on bénéficierait dès le lendemain. Ce faisant, elle se coiffa, en essayant de donner du volume à ses mèches éparses et fades. Elle regrettait de ne pas avoir pu acheter un peu de maquillage. Ces efforts la fatiguèrent mais, en se rendant compte qu'il était l'heure, elle se stimula.

Quand elle alluma le poste, soucieuse et attentive, comme on procède à un rituel, elle découvrit l'image d'une grande blonde ébouriffée au timbre strident qui lui déplut instantanément.

— Qu'est-ce qu'elle fait là, cette pimbêche ? C'est l'heure d'Alain !

— ... Je ne voudrais pas vous démoraliser mais on en a encore pour quelques jours...

— Ah ça non, bouclettes ! Où as-tu planqué mon bel Alain ?

— ... En tout cas voici la grosse dépression...

— Je ne te le fais pas dire ! Rends-moi Alain !

— ... Il va dégager par l'ouest...

Évelyne Dhéliat poursuivit sa présentation, commentée ainsi par la veuve Madeleine qui n'en croyait pas ses yeux. Elle était inconsolable. Encore, elle parla à sa voisine de chambre et encore ce fut un monologue, un monologue scandé en plusieurs phrases interrogatives au bout duquel elle s'arrêta, pareille à une voiture ayant consommé toute l'essence. En réalisant qu'elle resterait décidément seule ce soir, elle se coucha contrariée.

Les deux soirs suivants, elle vécut les mêmes déceptions avec une intensité crescendo. Elle doutait à présent de revoir celui qui était si réjouissant, celui qui la berçait de nouvelles prophétiques, celui qui prenait chaque soir trois minutes de son temps pour la notifier elle et elle seule par écrans interposés. Mais, alors qu'elle s'apprêtait à faire une croix sur cet instant de bonheur qu'elle aurait souhaité moins éphémère, il reparut, furtivement, sans s'annoncer, comme il était venu l'autre jour.

Dès lors, elle célébra toutes ses prestations avec une ferveur identique à celle du public devant une dernière représentation théâtrale. Il y avait toujours en elle l'éventualité qu'il ne se remontrât plus. Jamais elle ne pensait qu'elle pourrait partir en premier. Pourtant, la mort était partout à La Villa Printemps. Tous les mois apportaient de nouveaux morts dont les chambres étaient aussitôt vidées de tous leurs effets personnels et réallouées à d'autres pensionnaires.

Elle restait à l'écart de ce défilé incessant, ne se mêlait pas aux larmoiements de ces amitiés du troisième-âge. En fait, elle restait à l'écart de tout. Elle répondait poliment lorsqu'on s'adressait à elle mais ne cultivait aucune relation avec ses camarades de fin de vie ou avec les blouses blanches. De temps à autre, elle essayait d'engager la conversation avec sa voisine mais sans succès. Même son fils, qu'elle ne remettait pas toujours, demeurait une sorte d'étranger dans sa vie rythmée désormais par le seul rite de vingt heures moins cinq. Ses journées crépitaient jusqu'à ce moment fatidique et sombraient ensuite dans la mélancolie avant leur renouvellement diurne.

Parfois, trop impatiente, elle allumait la télévision quelques minutes trop tôt et voyait les réclames. Elle se les expliquait comme des messages personnalisés envoyés par Alain Gillot Pétré à son égard :

« Tout de même, il est bien sympathique de me conseiller cette marque de lessive. Il faudra que j'y pense en allant au Prisunic. Je me le note sur ma liste de courses. »

Quand il lui arrivait de voir des spots de publicité dotés d'effets spéciaux, elle ne comprenait pas la supercherie et se fascinait naïvement pour le spectacle :

« Mais comment il a réussi à dresser ce singe pour qu'il parle aussi distinctement ? C'est incroyable ! Et ces bébés, alors, quels nageurs hors pair ! »

Puis venait le moment où son idole se lançait éperdument dans l'exercice de son métier :

« Les températures grimpent tellement en ce moment qu'on se demande où ça va s'arrêter. C'est le vertige de la hausse. Regardez donc sur l'animation satellite la poussée chaude qui va de l'Afrique jusqu'à l'est de la France. À l'ouest, un peu plus de nuages que prévu, reconnaissons-le. Demain matin, Météo France prévoit du vraiment beau temps du nord-est aux Pyrénées. »

Elle battait la mesure du texte avec des « oh ! » gorgés d'admiration et d'éréthisme. L'éblouissement, total, dura ainsi pendant des mois, sans le moindre bouleversement.

* * *

Une nuit, comme tant d'autres jusque-là, elle somnolait, se repassant mentalement les images visionnées le soir. Elle n'y parvenait que partiellement, ne retenant qu'une ambiance générale et se heurtait aux détails qu'elle n'arrivait pas à repeindre avec précision à cause de sa mémoire déficiente. Cela lui demandait des efforts qu'elle ne pouvait plus supporter et, bien souvent, comme ce soir-là, elle tombait comme une masse et s'endormait sans résistance.

Son ronflement pacifique et régulier emplissait la pièce. Rien ne bougeait dans La Villa Printemps. Seule une cellule de nuit veillait au rez-de-chaussée en cas d'urgence. Régulièrement, un des aides soignants présents se levait et faisait quelques pas dans les étages afin de vérifier que tout était en ordre. Puis, il revenait et une demi heure plus tard, un de ses collègues l'imitait en partant à son tour.

Dans sa chambre, toujours immergée dans les limbes de son sommeil, la veuve Madeleine fronçait les sourcils comme si elle tentait de repousser quelque mauvais rêve. Elle s'agitait progressivement, sentant une présence approcher. Une ombre glissait, tranquille et silencieuse, sous le couvert de l'obscurité, camouflée par les ténèbres. S'étant suffisamment rapproché, ce fantôme noir s'immobilisa et considéra les contours de cette vieille femme sur son lit. Il resta comme cela jusqu'à ce que la voix perçante de la vieille femme brisât le calme.

— Qu'est-ce… Qu'est-ce qui se passe ?! Qui est là ?

— Chut ! Ne vous inquiétez pas. Tenez, je vais allumer la lampe de chevet.

Cette voix masculine lui rappelait quelqu'un mais son esprit était encore bien trop engourdi d'avoir été si brusquement réveillé. La lumière paisible de la petite lampe révéla une figure bonhomme qu'elle reconnut comme celle d'Alain Gillot Pétré. Il portait un survêtement de jogging blanc et paraissait plus atténué dans ses attitudes que lors de ses interventions télévisuelles.

— Mais, oui, c'est bien vous ! Que faites-vous ici ?

— Chut. Ne parlez pas, vous êtes faible. Très faible. Restez couchée. Il paraît que vous appréciez grandement mes bulletins météo. Je voulais vous exprimer toute ma reconnaissance.

— Qu'est-ce que cela signifie? Vous n'êtes pas habillé comme tout à l'heure quand vous m'avez dit le temps qu'il fera demain. Pourquoi ? Quand vous êtes-vous changé, maoufatan ?

— Cela n'a pas d'importance, Madeleine. Calmez-vous. Tenez, je vais m'asseoir et nous allons discuter un peu. Parlez-moi de vous.

Instinctivement, elle commença à raconter sa vie chronologiquement depuis ses premiers souvenirs jusqu'à aujourd'hui. Alain ne l'interrompit à aucun moment. Il écoutait, bercé par ce déluge de paroles prononcées naturellement. Elle se montrait clairvoyante et perspicace dans ses explications, agrémentait ses histoires de remarques d'une grande sagesse et provoquait des rires francs qu'Alain se faisait un plaisir de lui octroyer, en toute communion. Elle fusionnait l'expérience d'une vie d'octogénaire et la fougue verbale d'une jeune actrice dans une même interprétation. Lorsqu'elle termina son discours, son interlocuteur lui adressa un ultime sourire, tendit sa main et dit :

« Merci… Maintenant, il est l'heure. »

Elle attrapa sa main. Il la sentit osseuse à travers une fine couche de peau molle. Et, il ajouta d'un ton neutre :

« Bon vent, Madeleine. »

Aux premières lueurs du jour, on trouva la veuve Madeleine morte dans son lit, les traits apaisés, les yeux délicatement fermés, un rictus impénétrable au coin des lèvres. Certains diront qu'elle avait toujours porté cette expression étrange sur son visage maussade, d'autres qu'elle devait avoir mal aux dents. Pourtant, elle avait simplement été ravie de se sentir partir, de fuir son corps défaillant pour attendre son Alain dans le seul endroit où, tôt au tard, elle serait sûre de le rencontrer.

(Merci à Mörk Mörk)

Contact

www.nicolasdidierbarriac.com
www.facebook.com/nicolasdidierbarriac
Twitter : @rougonmacquart